ÉMILE ODIER

L'Après-Guerre

Fables Nouvelles

1918-1923

« La Paix
« Attend désormais...
  « La Justice ».
  Fable XXXIV.

« Mais, loin de s'émousser,
« Les ongles de l'oiseau vorace
« Ne tardent pas à repousser »
  Fable XI.

(Tous droits réservés)

Éditeur : A. FOLTZER, 9, Rue Jacques-Laffitte

BAYONNE

Prix net : 1 fr. 50

ÉMILE ODIER

L'Après-Guerre

Fables Nouvelles

1918-1923

« La Paix
« Attend désormais...
   « La Justice ».
  Fable XXXIV.

« Mais, loin de s'émousser,
« Les ongles de l'oiseau vorace
« Ne tardent pas à repousser ».
    Fable XI.

Éditeur : A. FOLTZER, 9, Rue Jacques-Laffitte
BAYONNE

Prix net : 1 fr. 50

PROLOGUE

QUERELLE D'ALLEMAND

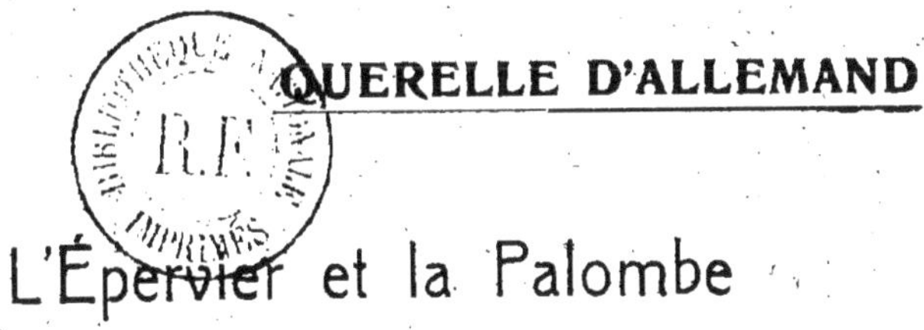

L'Épervier et la Palombe

Au crépuscule, une Palombe
Pénétrait dans un châtaignier,
Quand de l'arbre voisin fondit sur elle, en trombe,
Un Epervier :
— « Coquine, tonna le Rapace,
« Que viens-tu dérober ici ? »

— « Je n'ai rien pris, Sire, je passe »,
Dit, à voix basse,
L'oiseau transi.

— « Confesse, du moins, que tu songes
« A nous jeter le mauvais sort ».

— « La vérité, Seigneur, est qu'arrivant du Nord,
« Je m'arrête, assez lasse, après un long effort ».

— « C'est encore un de tes mensonges,
Ricana l'Epervier ; « Aux éclats de ta voix,
« S'envolent, effarés, les habitants du bois ».

— « Que Votre Grâce me pardonne !
« Sauf elle, je ne vois personne,
« Si ce n'est, là-bas, un Poussin »,

 — « As-tu sur lui quelque dessein,
  Friponne ? »

 — « Oh ! Seigneur, à croquer un gland
« Croyez que se borne mon plan.
« Un malheureux Poulet n'a de moi rien à craindre ».

 — « Quoi donc ? Oses-tu plaindre
 « Ce petit insolent ?
 « Alors, au diable va le joindre » !

De Bismark à Bethmann ; entre Ems et Nuremberg,
Le ton peut différer. — C'est toujours le même air.

NOTE

Cette fable, inédite, sert d'introduction à un autre opuscule : « Les Fables de guerre ». Nous croyons pouvoir la donner ici, comme prologue, parce que « Querelle d'Allemand » reste l'invariable « actualité ».

Des pièces qui vont suivre, plusieurs, revues du reste et remaniées, ont déjà paru dans une édition de 1920 (Fables I à IX). Elles sont insérées avec les nouvelles, pour qu'il ne subsiste pas de lacune dans l'histoire des cinq dernières années.

FABLES D'APRÈS-GUERRE

FABLE I

L'ARMISTICE

Le Sanglier et la Meute

Le Sanglier était forcé.
Mais, au tronc d'un chêne adossé,
Il semblait résolu, pour l'honneur de la Race,
A tomber dignement, si ce n'est avec grâce,
Quand aux Chiens réduits de moitié
Il tendit une patte et demanda quartier :

« — Que sert de prolonger la guerre ?
Dit-il ; « Et sommes-nous sur terre
« Pour donner ou parer des coups ?
« Croyez-moi : Le vieux monde est plutôt à refaire.
« Mes aïeux, j'en conviens, se montrèrent jaloux ;
« Les vôtres furent un peu..... fous.
« Pourquoi, dès aujourd'hui, ne pas le reconnaître
« En instaurant chez vous, chez nous,
« Une ère de bonté, de calme et de bien-être ? »

— « Soit ! répondit un vétéran
« De la meute coalisée ;
« Mais votre défense aiguisée
« De la paix à venir est un mince garant ».

— « Á la supprimer je m'engage,
Fit le vaincu sans marchander ;
« Et, s'il vous faut un autre gage,
« N'hésitez pas à demander.
« Pour l'instant, signons une trève ».

— « Ma réponse, à moi, serait brève ;
Dit un Dogue : » assez discourir ;
« Ayant tué, tu dois mourir ».

— « Non, dit l'autre. Je sais le Chien trop magnanime
« Pour souiller ses lauriers d'un crime ;
« Vous n'achevez pas les blessés ».

— « L'aveu nous fait honneur. — Ássez » !
Conclut un Braque sans rancune.

Bref, le pacte est signé. Mais le Fauve, à dessein,
Y glisse une équivoque, y laisse une lacune,
    Si bien qu'un jour, les Marcassins,
De toutes dents armés, cherchent une querelle,
    Et le Sang coule de plus belle

. . . .
    « Pas de quartier au Spadassin !

. . . .
    C'était l'avis d'un Fantassin,
Certain jour de Novembre, au bord de la Moselle !

2 Mai 1919.

FABLE II

BOLCHEVISME

Le Pêcheur de la Néva

———

Au bord de la Néva, — d'un affluent peut-être —
    Certain pêcheur, entre deux eaux
Regardait les poissons paraître et disparaître,
Tandis que, pêle-mêle étendus, ses roseaux
Chômaient, à quelques pas, sans flotteur et sans ligne :
    — « Vous ne pêchez donc pas ?
    Lui dit quelqu'un. — L'autre, d'un signe,
    Montra son panier, et, tout bas,
Répondit :
    « J'avais là, dès l'aube, une friture,
    « Quand un Garde Rouge est passé
        « Qui ne m'a rien laissé.
    « Vers midi, nouvelle capture.
    « Cette fois, au nom du Soviet,
    « Un gréviste me conviait
    « A partager la pêche en frère.
    « Puis, ce fut un autre compère ;
« Et je me suis lassé de pêcher pour...... Trotsky
    « Ou pour..... n'importe qui ».

———

FABLE·III

BOLCHEVISME

Fourmis et Vers à Soie

Plus près de nous, — c'était quelque part en Provence —
    Entre la Sorgue et la Durance,
Une « Magnanarelle » avait, un jour de mai,
Dressé, dans un abri qu'elle même fermait,
    Des branch s où les vers à soie
    S'en donnaient à cœur joie,
    Qui, de grimper, qui, de tisser.
Nos artisans, déjà, suspendaient à la branche
    Mainte alvéole jaune ou blanche,
Quand, par un trou du mur, vinrent à se glisser,
Une Fourmi, puis cent ; puis.... ce fut une armée,
    Plus sanguinaire qu'affamée,
    Qui, pinçant les malheureux vers
    En plein travail et peu couverts,
    Fit sur l'heure un affreux carnage.
Avec les ouvriers périt aussi l'ouvrage.

    Je peins ici, deux animaux
        Des temps nouveaux :
Boches et Bolcheviks détruisent pour détruire.
    La Brute fait mal ; eux font pire.

28 Oct. 1919.

BOLCHEVISME

Les deux Bousiers

Tandis que deux Pinsons chantaient à plein gosier,
    Au lieu d'applaudir, un Bousier
S'acquittait, à huis clos, d'un plus vulgaire office :
    Il triturait une immondice ,
Et taillant, façonnant, n'épargnant aucuns soins,
    Il avait fait une boulette
    Succulente — à son goût du moins —
Qu'il fallait au logis transporter sans brouette,
    Sans bruit surtout.
Le départ est heureux : On démarre d'un coup ;
On retient de l'avant ; on pousse de l'arrière ;
On trébuche aux cailloux ; on penche dans l'ornière ;
Bref, sans grosse avarie, on approche du port,
    Quand, sous prétexte de renfort,
Un vigoureux confrère au chargement s'attèle :
    « Peste soit de l'intrus ! »
Pense notre Bousier qui, dans une querelle,
    Sent qu'il n'aurait pas le dessus.
    Il se résigne, accepte l'aide,
    Et le colis roule, bon train,
Jusqu'au pied d'un talus aussi glissant que raide :
    — « Où passer » ? dit le malandrin.
Il tourne à gauche, à droite, oblique, sonde, écoute,
Feint de s'être égaré, change dix fois de route,
Porte, finalement, la boulette chez lui,
Et, pour prendre congé, rosse le camarade.

La pièce est en vogue aujourd'hui.
Elle se monte à Pétrograde ;
Mais les acteurs sont en chemin
Pour la jouer partout.... demain.

11 Xre 1919

FABLE V

COMMUNISME

Le Chat qui en est revenu

———

Maigre et long, comme la Famine,
Matou qui, pour un Chat, n'était pas des plus sots,
Prêchait, au bord des toits, le soir, une doctrine
Qu'il résumait en quatre mots :
« Deux chats se valent ;
« Donc, part égale »
Disait-il ; « Et je n'admets pas
« Que sous nos yeux, les Angoras,
« Tout le long du jour, se régalent,
« Quand, pour calmer notre fringale,
« Nous passons la nuit blanche à dépister les rats
« Dans les fentes d'un galetas ».

— « Matou, vous avez tort ; répondit une Chatte.
« Pour qui se veut ingénier,
La vie est facile à gagner.
« Avec un peu de tête, œil clair et longue patte,
« On réussit dans le métier.
« S'il ne vous déplaît pas de me suivre au chantier,
« Je vous assure une pâtée
« D'os et même de lait parfois agrémentée ».

En peu de temps, Matou, propre, établi, rangé,
A sa table nourri, dans sa niche logé,
Raisonnait en propriétaire ;

— « Eh ! ricanait un réfractaire ;
« Tu ne parles plus d'achever
    « Ton prône égalitaire ? »

— « Fini, dit Matou, de rêver.
« Mon épargne est à moi ; j'entends la conserver ».

Que de tribuns on ferait taire
En leur donnant un coin de terre
.... A cultiver !

8 Mai 1920.

GRÉVICULTURE

La Ferme en grève

—

Sus aux Meneurs !

Irritable, jaloux, bruyant,
Un Roquet paresseux ne songeait qu'à mal faire.
Certain soir où, tout en fuyant,
Il avait mordu la fermière,
Son maître le battit. — Et lui, pour se venger
Ruminait un moyen de nuire ...... sans danger.

« Pourquoi, dit-il au coq, chanter si tôt matines ?
« A différer notre réveil,
« Tu gagnerais aussi quelque heure de sommeil ».

— « Fi ! criait-il aux Bœufs. N'êtes-vous que machines
Bonnes à creuser le sillon ?
« Plus de joug et plus d'aiguillon ! »

Bref, la Ferme se mit en grève.

Mais un jour où le coq s'attardait à son rêve,
Il fut cueilli sur le perchoir,
Et Jeanne le mit à la broche ;
Tandis que Jean traînait un Bœuf à l'abattoir.

Le meneur en fut quitte avec une taloche.

« N'est-ce-pas plutôt ce Roquet,
    Disait gros Pierre,
« Qu'il eût fallu, comme un paquet,
« Envoyer droit ..... à la rivière » ?

22 Mai 1920.

———

DEVOIR CIVIQUE

Chez les Castors

Prévoyant qu'une crue, en amont signalée,
Allait ravager la vallée,
Plusieurs familles de Castors,
Pour étayer la digue, unissaient leurs efforts.
Il fallait, pour la réussite,
Bien travailler et faire vite;
Mais l'architecte et le maçon
Sans devis, ni plan, ni leçon,
Chez les Castors savent construire,
Quelqu'Un s'étant — là-haut — chargé de les instruire.
Donc, au flot, notre digue avait bonne façon,
Et chaque tribu, dans sa hutte,
Se croyait quitte de la lutte,
Quand un courant,
Faible d'abord, puis violent,
S'ouvrit passage par derrière.
Il envahit,
Puis démolit
La cité dont moitié périt
En cave.
Plus tard, les survivants, portés par une épave
Contèrent qu'un jeune ouvrier
Avait dormi sur le chantier,
Laissant au mur une lacune.

Défendre la chose commune,
Pour un simple castor et pour tout citoyen,
Est le moyen
De sauver son foyer, sa vie et sa fortune,

(*A propos d'un emprunt national*)

14 *Mars* 1920.

A SAN REMO

Encore le Sanglier

Trois Chiens, en se liguant, avaient eu fort à faire
  Pour abattre le Sanglier :
    — « Forçons maintenant le repaire » ;
Dit un brave griffon qui savait son métier.

— « Je préfère, entre nous, ma chasse à la gazelle »
  Fit observer un Levrier.

    — « Courez, dit le Bull, après elle ;
  « Pour moi, je retourne au foyer
« Que m'ont rendu plus cher le danger et l'absence »

    Or, le danger durait encor ;
(Il ne finit jamais avec certaine engeance),
    Et le Griffon n'avait pas tort
    De soupçonner une vengeance,
Puisque, un matin d'automne, aiguisant leur défense,
Les Marcassins, nombreux, sortirent des fourrés :
On devine le sort des Ligueurs séparés.

L'œil est-il fait pour voir ? L'oreille, pour entendre ?
    La raison ...... pour ne pas comprendre.

25 Avril 1920

FABLE IX

DÉCEPTION

Le Vainqueur

Sur je ne sais quel hippodrome,
En je ne sais combien de tours,
Quelques chevaux de sang disputaient un parcours
Comme si le sort d'un royaume
Etait en jeu.
Bref, l'écume à la bouche et les naseaux en feu,
Le Vainqueur avait, au pesage,
Reçu les compliments d'usage ;
Mais, tandis que, sous les bravos,
Il gagnait lentement sa loge,
Sans plus l'attendre, ses rivaux
Vidaient à fond les seaux,, les rateliers et l'auge :
— « De quoi te plaindrais-tu ? dit un des concurrents;
« N'es-tu pas couvert de rubans » ?

Disette et gloire
Tel est bien le bilan de certaine victoire !

17 Mai 1920

FABLE X

SERMENT DE BOCHE

Le vœu du Loup

Au temps où le Bœuf était dieu,
— Certain veau, de nos jours, a, dit-on, pris sa place —
Un Loup malade avait fait vœu
De ne plus aller à la chasse.
Il tint parole, aussi longtemps
Que ses dents
Claquèrent de peur et de fièvre.
Mais un jour où, d'humeur à croquer une chèvre,
Il repassait, mentalement,
Les termes du serment.
Dans l'espoir d'y trouver un accommodement,
Il vit à lui venir un jeune Lièvre :
« Messire Loup, mon compliment,
Dit l'ingénu. — « Dans la prairie,
« En broutant avec le troupeau,
« J'ai su, par un chevreau,
« Le vœu qui de bonheur comble la bergerie ».

— « Vous m'en louez avec raison ;
« Et, pour fêter ma guérison,
« En amis, dit le Loup, vers ce bois faisons route ».

Notre couple n'alla pas loin :
Ce qu'il advint du lièvre, une fois sans témoin,
Comme vous, Lecteur, je m'en doute.

Vœu de Loup ne compte pour rien
Sans un bon Chien.

P. S. — Serment de Boche vaut ce qu'en vaut le gardien !

DÉSARMER L'ADVERSAIRE

Le Milan aux Assises

Les faits étaient patents ; des témoins avaient vu,
Et, bien qu'une Linotte
Pour l'enquête eût perdu sa note ,
Le Jury, duement convaincu,
D'un œil apitoyé regardait la plaignante :
C'était une Mésange en deuil
Dont la douleur discrète, et, partant, plus poignante
Eut pour interprète un Bouvreuil :
« L'impunité, dit-il, est une prime
Au crime !
« Meure donc le milan ! — Si vous le relâchez,
« Du moins, que, devant sa victime,
« Les ongles lui soient arrachés ! »

Sur ce, l'accusé fond en larmes :
« Que faire, gémit-il, sans armes,
« Pour défendre mon pauvre nid ? »

Bref, l'Aigle du Jury décide, sans réplique,
Que le coupable, assez puni
Par d'infamants débats et par la voix publique,
Rognera, désormais,
Bec et serres qui piquent
Plus qu'il n'est besoin pour la paix ;
Puis, il signe un recours en grâce.

Or, loin de s'émousser,
Les ongles de l'Oiseau vorace
Ne tardent pas à repousser ;
Et, comme la Mésange, au temps des primevères,
Tremble de nouveau pour ses œufs,
Des voisins, moqueurs ou sévères,
L'envoient..... pondre loin d'eux.

« Pas de bruit ! Pas d'affaires ! »
Dit-on.
C'est bel et bon.
Mais, tant qu'il a des serres,
Le Rapace veut s'en servir.

A désarmer nos adversaires
Il faut toujours en revenir.

14 Juillet 1920.

RESTITUTIONS. RÉPARATIONS

Histoire de Brigands

Surpris avant de s'être armé,
— C'était même pendant la sieste —,
Un piéton, près du bois, venait d'être assommé.
Mais au lieu de fuir leste, leste,
Aussitôt son gousset garni,
Le détrousseur, après les poches,
Explore si bien les sacoches,
Qu'il s'emplit comme une outre, et, le repas fini,
Ne rêvant que ripaille,
Sur quelques brins de paille,
Il s'endort,
Ivre-mort.

« A d'autres ! direz-vous. C'était pure sottise ».
— Des Bandits « kultivés » l'ònt, cependant, commise —

Bref, le blessé revient à lui,
Tire un pistolet de l'étui,
Maîtrise le filou que les gendarmes cueillent,
Et, de nos deux acteurs, l'un finit en prison ;
L'autre retourne à la maison
En rattrapant...... son porfeteuille.

On sait comment
Des peuples ont, cinq ans, joué semblable drame.
Mais le Reich, plus madré, sans être moins gourmand,
Esquive un jugement
Et rend l'argent..... au milligramme.

15 Juillet 1920.

FABLE XIII

PLATITUDE ET MALFAISANCE

La Punaise

Dans une auberge..... onaise,
— Qui ne logeait qu'à pied — La Puce et la Punaise
Exploitaient le premier sommeil
D'un touriste accablé par l'étape au soleil.
Leur repas terminé, les convives causèrent :
« Eh ! dit la Puce. — Ma commère,
« N'auriez-vous pas grand peur,
« Si l'homme brusquement sortait de sa torpeur?
« En deux bonds suivis d'une feinte,
« J'échapperais à son atteinte ;
« Mais vous ?
— « Faite comme je suis,
Dit la Punaise ; « Aucune crainte.
« Sans cabrioles ni circuits,
« Je puis,
— Affaire d'habitude—
Par une fente m'esquiver.
« La platitude
« Suffit pour me sauver ;
« Puis, je reviens dans l'ombre, et je me gorge à l'aise »

Bons Neutres, ce n'est pas la « manière française »

11 Áoût 1920.

CROIX ET RUBANS

Labrit et Chou-Chou

La Fable, quelquefois, confine à la Satire.
Mais toucher de la dent
Quelque pédant,
— Sans trop serrer pourtant —
C'est corriger plus que médire.

Labrit, ayant bien guerroyé,
Rentrait, sur le tard, au foyer,
Avec trois pattes.
Et je laisse à penser de quels yeux l'« amoché »
Revoyait ses pénates.
— « Oh ! dit en frétillant, Psyché ;
« Vous avez là, mon brave, une fière médaille ;
Mais Chou-Chou, — vous savez — Chou-chou
« En porte, au cou,
« Une, autrement luisante et de tout autre taille »

— « Ne serait-ce pas, dit Labrit,
« La médaille du « Bon Abri » ?

RÉFLEXION

C'est à vrai dire, en temps de guerre
Que doivent, ou jamais, briller Croix et Rubans.
La Croix sur les tombeaux répand de la lumière.
Mais, à fleurir des survivants
La boutonnière,
Gardons-nous de confondre « avant »
Avec « arrière ».

9 Mai 1920.

FABLE XV

DOLÉANCES DE BANDIT

Coup manqué

———

Un Geai, des plus braillards et non des moins goulus,
Avait sur un Poussin jeté son dévolu ;
      Mais il eut affaire
        A la mère
       Qui lui rendit
Quatre pour un des coups reçus par le petit.
Lors, que fait le Bandit ? —
      Ayant manqué son crime,
    Il se met à crier. plus fort
      Que la Victime.

Boche, on n'entend que vous ; Boche, vous avez tort.

19 Mai 1921

———

Conférences stériles

Le Léopard en affaires

Un Léopard, ayant affaire
        A l'Eléphant,
Fit choix, pour un arrangement,
De son plus substil émissaire :

    « Maître Renard,
        Dit l'Eléphant ; « Votre grimoire
« Est, à n'en pas douter, un modèle de l'art ;
        « Mais refermez cette écritoire ;
« Car, si je vois fort bien ce que vous me prenez,
« Je ne distingue pas ce que vous me donnez ».

        Le Renard, ajoute l'histoire,
    S'en alla décontenancé.
        Il fut aussitôt remplacé
Par d'autres messagers à robe fauve ou noire.
            Mais, calins
            Ou malins,
        Les diplomates
        A quatre pattes
Dépensaient vainement leurs pas et leurs discours.
    En désespoir de cause, on eut recours
                        A   l'Ours.

Martin, qui sommeillait, se recueille, se tâte,
                    Se gratte,
Va trouver l'Elephant, salue et dit :
                                        « Voilà !

« Je vous offre ceci ; je demande cela ».

— « Conclu, mon brave, topez là.
Déclare l'Eléphant; deux mots, uu trait de plume
                « Entre nous, valent un volume ».

Je sais de longs contrats et de verbeux traités
                    Moins respectés
                Qu'une parole nette.
            Trop de subtilité
            Aboutit à l'obscurité :
C'est par oui ; c'est par non qu'une affaire se traite.

                            1er Août 1921.

EN COUR DE LEIPZIG

La bonne Justice

Entre Coq et Dindon
Une guerre acharnée
Allait s'aggravant chaque année,
Quand le Mouton
Fit agréer une armistice.

— « Justice !
Dit le Coq, en sang, mais vainqueur.
« Et de bon Cœur,
« La paix est faite ».

— « Justice ! confirma l'agresseur aux abois
Vous l'aurez, cette fois,
« Complète.
En vérité, je vous la dois ».

Le vainqueur, à ces mots, desserre son étreinte
L'autre s'échappe et, hors d'atteinte,
Commence à douter de ses torts.
Chaque jour apporte une excuse ;
Chaque nuit emporte un remords.

Bref, le drôle chicane, ruse,
Ergote, décline, récuse ;
Il fait, en deux mots, tant de bruit
Qu'il obtient la faveur d'être jugé chez lui.
Au jour dit, en forme on l'assigne ;
Mais témoins, procureurs et juges, sous serment,
Le déclarent plus blanc que cygne,
Et le procès finit par un acquittement.

Justice d'Allemand !

OUTRE RHIN

Le bon Droit

———

Sans autre raison que de nuire,
Sans autre but que de détruire,
Un Gredin, fou d'orgueil, — partant bon à lier —
De la maison voisine avait fait un brasier.
Or, une saute de la brise
Ramenant les flammes chez lui,
Le misérable, qui s'épuise,
Des passants implore l'appui,
Et crie à tous les vents qu'on en veut à sa bourse.

Mettre le feu, tarir la source,
Puis, s'en prendre aux pompiers qui peinent sur le toit,
C'est ainsi qu'Outre-Rhin se comprend le « Bon Droit ».

5 *Août* 1921.

———

FABLE XIX

MAUVAISE FOI

Carence

La Dette allemande

Fritz à François devait.... je ne sais quelle somme.
Venu le moment de payer,
L'emprunteur refit un papier :
« Foi d'honnête homme !
Dit-il ; « avec les fonds,
« Vous aurez ma visite, aussitôt les moissons
« En grange ».

François attendit la vendange.

Entre temps, les raisins
Ayant été, comme les grains,
Vendus et payés avant terme,
Fritz avait sauvé le magot,
De sa fille assuré la dot,
Au fils aîné passé la ferme ;
Et, quand se présenta l'huissier,
Ce fut, pour établir, au nom du créancier,
Un procès-verbal de.... carence.

François ne prête plus sans gager sa créance.

17 Novembre 1921.

POLITIQUE DE FAIBLESSE

Un Pique-Nique

Est-ce arrivé ?
Ai-je rêvé ?
Toujours me revient-il que certain Pique-Nique,
En son genre peut-être unique,
Entre chiens fut organisé.
Sur le menu les goûts diffèrent.
Chacun, du moins, voulant bien faire,
Nos convives, de zèle, avaient rivalisé,
C'est à dire dévalisé
Autant de clapiers que d'armoires.
Par malheur, on avait compté
Sans l'appétit d'un Bull, aux terribles mâchoires,
Qui s'octroya, d'autorité,
La présidence :
« Là, dit-il au Griffon ; tu dois être flatté
« Que, par un lien pâté
« Cette fête commence ».
L'autre déballe, et, sous la dent
Du Président.
Le pâté fond incontinent.
Un quartier d'oie, également.

Mais, à certain pli de la lèvre,

Deux Braques montrent que, sans eux,
Il ne faut pas toucher au lièvre ;
Et, tandis que, le ventre creux,
Quelque délicat se défile,
C'est en aboyant qu'un Roquet
Elargit sa place au banquet.

« Le plus accommodant » n'est pas « le plus habile ».

Etre faciles ? Exigeants ?
La Fontaine, pardon ! Cela dépend des gens.

18 Décembre 1922.

FABLE XXI

A WASHINGTON

Défense Navale

Le Bac

Une rivière
Les séparant,
Deux voisins décidèrent
De jeter, non sans peine, un bac dans le courant.

— « Mais j'aurai les clefs du garage
Dit John. « Et, quand besoin sera,
« Vous demanderez le passage ».

— « En ce cas, dit François, autour de ma villa,
« Ne trouvez pas mauvais que j'élève un barrage,
« Frappez. Et l'on vous répondra ».

Peut-être à certain Insulaire,
L'histoire va-t-elle déplaire ?
Tant pis, ma foi !
D'autres l'ont dit, avant François :
« Chacun maître chez soi».

6 Janvier 1922.

FABLE XXII

A CANNES

Entente... loyale

Les deux Ruches

Longtemps rivales,
Deux ruches, à peu près égales,
Avaient clos les hostilités
Par des traités
Et conclu, même, une alliance,
Pour se défaire du Frelon.
Mais entre les vainqueurs l'accord ne fut pas long.
Tandis que l'un, sans défaillance,
Des Ruches défendait l'abord,
Surmenant ou perdant les meilleures abeilles,
L'autre, allongeant son vol de corbeille en corbeille,
Au miel donnait son plein effort.

« Milord !
Le Frelon reviendra, sournois et redoutable.
« Fair play ! — De grâce : « Jeu loyal » !
C'est déjà trop, à notre table,
D'un roi « grec » et d'un Faïçal.

8 Janvier 1922.

FABLE XXIII

A GÊNES

La France responsable

L'Alouette

Les Nids commençaient à dormir,
Quand, d'arbre en arbre, une Chouette
Lança dans la forêt muette
Des appels à faire frémir,
Et les oiseaux se réveillèrent
Glacés :
« Malheur ! trois fois malheur ! glapissait la sorcière.
« Tant de fléaux sont annoncés
« Qu'aux cieux justement courroucés,
« Nous devons, sans tarder, faire amende honorable »
— « En saignant le coupable »
Dit un Geai.
— « Qui ? »
— « Cherchons » !
— « Mais où ? »
Ailleurs, certes, qu'au trou
De la Chouette et du Hibou,
Gent trop austère
Pour mal penser ou pour mal faire !

Le désordre, à n'en pas douter,
Venait de l'Alouette, insolente et légère,
Pour qui la commune misère
N'était que prétexte à chanter.

Elle chante, en effet, dés que la nuit s'achève.
Mais sous elle, aussitôt se lèvent
En tourbillon,
Tant d'ailes — et de becs — que l'aubade s'arrête.
Heureuse, encore, la pauvrette
De s'abriter dans un sillon.

Oiseau gaulois, fine Alouette,
Explique, si tu l'as compris
Pour quels forfaits est mise à prix
Ta tête.
Dépend-il de toi, par hasard,
Que se calme l'Adriatique ;
Que s'agite....... le Pacifique ;
Que le chemin royal de Madrid en Afrique
Ne passe plus à Gibraltar ;
Que d'un rêve trop beau l'Attique
Se soit trop tôt bercée ou s'éveille trop tard ;
Que Gênes cache un traquenard
Diplomatique ;

. . . .
Bref, que Berlin soit fourbe, et Moscou... soviétique ??

Avril 1922.

———

ENCORE A GÊNES

A propos de pétrole

En bonne forme associés,
Deux Epiciers
Menaient assez bien leur affaire,
Pour que, chaque été, l'inventaire
Ouvrît plus large l'horizon
De la maison.
Mais partager le bénéfice
Parut à Jean moins net que tout garder pour soi :
« Crois-moi,
Lui soufflait, de nuit, l'Avarice,
« Il n'est pacte ni loi
« A travers lesquels on ne glisse
« Avec une once de malice,
« Tout est de trouver un complice ».
Jean trouva ; Jean gagna.
Dans l'huile ou le charbon ?
N'importe. Il faisait, en cachette,
Une pochette ;
Quand certain de ces prête-nom
Qui, n'ayant rien à perdre, en tirent avantage,
Prétendit tripler son courtage
Par un chantage.
Plainte ; menaces ; bruit. — Maître Fripon
Tint bon.

Devant les tribunaux, l'un dit oui ; l'autre, non.
Mais vainement Jean se désole ;
On ne croit plus à sa parole.

Pour empocher quelque pistole,
Il avait perdu son crédit.
. . . .
Eh ! C'est un peu ce qui se dit,
Sous les palmiers génois, à propos de .... Pétrole.

11 Mai 1922.

A RAPALLO

Loup, Renard et Dogue

Bien qu'il eût de frais aiguisé
Jusqu'à sa dernière molaire,
Un Loup, pourtant fameux, avait perdu la guerre.
Epuisé,
Maîtrisé,
Il promettait — par acte
Et sur l'honneur —
Plus que n'exigeait le vainqueur.
Mais, aussitôt signé le pacte,
Il songea que Maître Renard
Y trouverait quelque fissure.

— « C'et bien là votre signature ?
Fit le juriste goguenard.
— « Je l'avoue ».
— « Et, pour la donner,
« Etiez-vous libre » ?
— « Autant que peut l'être une Bête,
« Quand il s'agit de perdre ou de sauver sa tête ».
— « Alors..... »
Il s'ensuivait, sans beaucoup raisonner,
Que promesses, traités, codes et décalogue
N'obligeaient mie envers le Dogue.
On n'eut garde, pourtant, de le pousser à bout.

Herr Loup,
Dans son repaire,
Semblait ne s'occuper que d'être père.... et père ;
Mais, à huis clos, chez l'Ours, compére,
Il machina
Si bien que des fourrés sortant, à la vesprée,
Une bande surprit Médor, et l'étrangla.

Je veux dire, par là,
Q'u'on désarme (?) au bord de la Sprée,
Pour mieux armer sur la Néva.

25 Mai 1922.

———

FABLE XXVI

A LA HAYE

Dernier Steeple-Chase

Le Grand Steeple, au départ, avait bien commencé.
Mais, passé le talus et franchi le fossé,
    Le favori tombe à la haie.

Ostende, San Remo, Cannes, Gênes, Paris
Ont vu d'autres coureurs disputer d'autres prix
    Et faire panache à « à la Haye ».

17 Juillet 1922

FABLE XXVII

A LONDRES

Dette allemande

La Grenouille

La Grenouille avait emprunté
De tout côté.
Dire en quelle monnaie au fond ne ferait guère.
Plus importe, ici, la manière :

— « Gentille Ablette, jusqu'aux foins,
« Dit-elle ; « J'ai de grands besoins
« Dont souffrira votre créance.
« Dans l'intérêt commun prorogez l'échéance ;
« Ajoutez, pour mieux faire, une petite avance,
« Et, fin Juillet, tirez sur moi ».

— « Bonne foi
« Passe garantie.
Jurait-elle au Crapaud. Vienne le premier froid,
« On verra ce que vaut parole d'Amphibie ».

La Grenouille, bien entendu,
Nargua le Poisson, — du rivage, —
Lorsque, aux chauds rayons d'Août, il réclama son dû.

Quant au Crapaud, le froid venu,
Il eut beau mener grand tapage,

Capital, intérêts, frais même étaient sous l'eau.

    A quelques trais de ce tableau
    Je reconnais certaine Dette
    Pour laquelle maint créancier
    Proteste en vain traite sur traite
    Sans doute, il faudrait aux huissiers
        Prêter main forte ?

    . . . .
    Mais Londres a des policiers
    Pour forcer.... la Sublime Porte (1).

                              18 Septembre 1922.

(1) Politique néfaste eu Orient, qui aboutit au traité de Lausanne. — Angora.

FABLE XXVIII

PARIS — LAUSANNE

" Rule, Britannia " !

———

« Rule, Britannia », toute la Mappemonde ;
« Roule », n bon français, tout le monde.

9 Janv er 1923.

———

DANS LA RHUR

La Guêpe travestie

Une Guêpe, en Abeille, un jour se maquilla.
        Qui l'habilla ?
C'est un menu détail que néglige l'histoire.
        Le simple récit donne à croire
                Que jeux galants
                Et badinage
Pesaient peu dans le camouflage.
« Bertha », pratiquement, songeait à son ménage.
        Ayant, d'ailleurs, en maint voyage,
        D'un clos fameux levé les plans,
Elle y vole à son heure ; elle flaire une rose,
        Puis, sur un bel œillet se pose,
De là, passe au poirier ; pique, sans bruit,
                Le fruit,
        Et, les jours suivants, fait de même.
Mais sur le chasselas s'use le stratagème ;
        « Oh ! dit le jardinier
Qui voit avec dépit se dégrader sa treille ;
        « Puisque le mal vient de l'abeille,
        « En miel on pourra se payer ».
Il suit donc la voleuse ; il arrive à sa ruche.

. . . .

        Or, la Ruche était un Guêpier.

Camoufler, dresser une embûche
            Est le métier
        Où certain peuple est passé maître.
« Bas le masque et le dard ! grands Frelons de la Ruhr !
On vous prend un peu tard ? Le vide est fait ? Peut-être ?
Au pilori du moins faut-il clouer le traitre,
        Mettre ses fraudes au grand jour,
Et de « Bertha » — la Guêpe — éviter le retour !

                        7 Mars 1923.

FABLE XXX

FRANCE — ANGLETERRE

L'Orage et les deux Voisines

Jean paraissait heureux ; du moins il eût pu l'être ;
Mais il n'est si beau fruit que ne piquent les vers,
    Et notre homme souffrait des nerfs
    En voyant, devant sa fenêtre,
Se tendre, chez François, comme des rideaux verts,
    Les rameaux grandissants d'un hêtre.
    « Ah ! si le feu d'en haut ...... »
Dit-il, un soir d'été. — Le Ciel le prend au mot :

    Sous un coup de tonnerre,
    L'arbre, à grand fracas,
    Tombe à terre.

    . . . .
    Mais John y perd ses bons muscats.

En vain nous flattons-nous d'écarter un nuage :
    S'il couche le blé du voisin,
    L'orage
    N'épargne pas notre raisin.

    L'Apologue, à propos, rappelle,
Que, s'il tonne à Paris, Londres reçoit la grêle
    Par avion.
    Pour une Escadre aérienne,
Il n'est fleuve ; il n'est mer ; il n'est ILE qui tienne !

                    14 *Mars* 1923.

—

Primeurs Algériennes
et Douanes Françaises

----- - -

Fleurant bon, cueillis de la veille,
Légumes et fruits algéro s
Un jour de février, débarquaient à Marseille :
— « Plus vite ! Ici. Payez les droits ! »
Dit, en donnant du pied sur la fraîche corbeille,
Le moins.... pressant des gabelous.

— « Oui da ! Remarquez l'origine ;
Répond t une mandarine.
« En France nous sommes chez nous.
« Libre à vous de taxer des limons de Messine
« Ou ces artichauts andalous »

Où commence ? Où finit la France ?
— Qu'on excuse notre ignoranc ; —
Mais entre Alger
Et l'Etranger,
Je faisais quelque différence

MARS 1923.

FABLE XXXII

INVASION ET OCCUPATION

Fourmis et Abeilles

I

Profitant de la nuit,
Toute une fourmilière allait à la curée.
En colonne serrée,
Sans bruit,
Elle assaillait dès l'aube, une tribu voisine,
N'en laissait pas un habitant
Vivant,
Et des greniers vidés ne laissait que ruine.

II

De la ruche qui s'éveillait,
Un essaim bourdonnant sortait, puis s'égaillait
Dans les vergers et sur les treilles.
Certe, elles butinaient, les vaillantes abeilles,
Mai.. pour changer en miel l'arome de la fleur,
Sans que feuile ou calice y perdît sa fraîcheur.

Cette fable s'adresse aux pleutres
Dont les yeux larmoyants font déborder la Ruhr.
Mais Abeille et Fourmi, Boche et Français — bons Neutres —
C'est la nuit et le jour.

Juin 1923

FABLE XXXIII

FRANCE — ALLEMAGNE

La Balance

Sur les plateaux d'une balance
S'affrontaient Allemagne et France,
Et, menus ou gros,
Les propos
Se croisaient, pour et contre, autour de la bascule :
— « Eléphant contre Libellule. »
« — La petite a du cran. »
« — Mais dix ou vingt kilos
« Lesteraient mieux son réticule »
— « Peut-être ferait-elle à moins ».
— Gageons Combien de points
« Lui faut-il rendre » ?
— « Marianne, que vas-tu prendre » ?

Or, il advint que le fléau,
Pencha contre toute apparence
Et, se jouant de l'assistance,
Envoya promener très haut
« Bertha », son casque
E sa chair flasque.
Il lui resta pourtant, le masque :

Oh ! dit-elle, bègue d'émoi.
« Pour l'emporter sur moi,
« Quel est ton secret, misérable ?
« De quoi sont faits tes os ? Qu'est-ce qui pèse en toi ?

— « L'Impondérable » !

Juillet 1923

FABLE XXXIV

PAR LA JUSTICE

La Paix

La paix, cherchant un partenaire,
Avait fait le tour de la terre
Et cru, par trois fois, s'établir.
Mais avec l'Intérêt, la Force ou le Plaisir
Peut-il être entente durable ?

L'Intérêt prit congé dès qu'il vit
Profit.
Le Plaisir, satisfait, changea bientôt de table.
Quant à Force, elle fnit
Par trouver plus fort qu'elle ;
Et ce fut une autre querelle.

Voilà comment, sans plus d'essais,
La Paix,
Sous l'antique olivier dont les rameaux jaunissent,
Attend, désormais....
La Justice. (1)

Juillet 1923

____

(1) Elle ne vient encore ni de Berlin ni de Londres.

FABLE XXXV

TRAITÉ DE LAUSANNE

Les deux Chats et le Mulot

Deux Matous sommeillaient, comme Félins sommeillent,
    Dans une demi-veille.
    Mais, les cils baissés et l'œil clair,
    Ils guettaient, sans en avoir l'air,
    Quand un Mulot sortit de terre.
    C'est pour les chats mets savoureux :
  — « Tu ne l'auras pas » dit l'un d'eux.

« N'y touchez pas » ! fit l'autre.

          — « Alors, aucun des deux ».

Tant est qu'au nez des chats, hérissés de colère,
Le Mulot, sain et sauf, en son trou disparut.

      A des appétits qui s'opposent
      Plus d'un faible doit son salut.
      Le « Grand Turc » en sait quelque chose.

               25 Août 1923.

BANQUEROUTE VOLONTAIRE

La Capacité de Paiement

La Maison « Fritz et Compagnie »
Trafiquait en tout genre et gagnait gros, dit-on.
Quand une entreprise hardie
Compromit à la fois sa fortune et son nom.
Restait à liquider. — Le classique inventaire,
Un concordat loyal ; un abandon de biens
S'offraient, parmi les bons moyens
D'éteindre le passif, en remontant l'affaire.
Mais Fritz avait son plan
Et sa manière :
Avant le dépôt du bilan,
Il s'était bien pourvu de vivres ;
Il avait en lieu sûr envoyé Caisse et livres,
Emprunté démesurément,
Sur des noms complaisants placé maison et mine,
Payé les ouvriers pour saboter l'usine ;
Bref, ayant de ses mains consommé sa ruine,
— Pour la forme.... et pour le moment, —
Notre banqueroutier demande, effrontément,
Que la Justice détermine.
Sa capacité de paiement.

Un gage ! Fritz. Un gage !
Ta misère est du camouflage,
Tout comme ton désarmement,
Comme ta signature et comme ton serment.

. . . .

Camouflage allemand !

23 Novembre 1923.

M. POINCARÉ

Le bon Policier

Volé plus d'une fois,
François, un peu tard, eut l'idée
De planter à sa porte un robuste danois,
Dur à le dent comme à la voix,
Et la maison fut bien gardée.

Mais, pour respecter un mâtin,
Fauves, Rapaces et canaille
De toute taille
Ne renoncent pas an butin.
Ce fut, aux environs, chez John ou chez Martin,
Qui recommença la ripaille;
Et, dépouillé de sa volaille,
Le voisin — pensez-vous — courut sus au gredin ?
— Du tout : — Il s'en prit au molosse.

« Le changer ! dit François ; parce qu'il garde bien !
« Est-ce la faute de mon chien,
« Si le barbet gallois ou le griffon d'Ecosse
« Ne sait plus aboyer au loup... poméranien ?
« Voisin, je garde mon gardien ».

Août 1923.

HALTE !

Arrêtons-nous, Lecteur, et cessons d'aligner
    Les mécomptes de l'« après-guerre ».
Un homme — il était temps — n'a pu s'y résigner.
    Mais, non content de s'indigner,
En getses de vainqueur il traduit sa colère.
    Pour que Dieu — notre Dieu (1) — le protège et l'éclaire ;
Pour que Dieu sur ses Francs daigne encore veiller,
    Ami lecteur, allons prier !

19 Novembre 1923.

Note et Conclusion

(1) On n'entend pas, ici, rapetisser ou monopoliser la Divinité, mais protester contre l'abus que font nos ennemis du « Dieu allemand ».

Il y a une aberration inconcevable ou une sacrilège impudence à mettre sous le patronage de la Justice divine une politique de rapine et de meurtre, de fourberie et de parjure.

Evitons que cette atmosphère continue d'empoisonner les neutres et certains de nos foyers.

Puisque les émanations persistent et que les « émissions » infernales continuent, chacun de nous doit, à l'exemple d'un chef vigilant et inlassable :

    Sur les gaz allemands souffler de l'air français
    Et, devant l'univers, plaider notre procès.

Ce sera notre conclusion.

Novembre 1923.

— 58 —

TABLE